Les plaisirs

Je la saisis à deux mains

tout mon cœur

Frantz Cartel

This is a work of fiction. Similarities to real people, places, or events are entirely coincidental.

LES PLAISIRS DU CARNAVAL

First edition. June 30, 2024.

Copyright © 2024 Frantz Cartel.

ISBN: 979-8227270559

Written by Frantz Cartel.

Also by Frantz Cartel

Passions tacites
Substitut Royal 1
Substitut Royal 2
Protéger sa reine
Retour à la maison
Plus Proche
Vierge à vendre
Faire chanter la Vierge
Passioni inespresse
Son otage
Sale oncle
Réclamer sa fiancée pratique
Vierge interdite
Au fond de toi
Branchement de vacances
Premier Dernier
Avoir des ennuis
Un goût sucré
La fiancée forcée du magnat
Voler mon ex
À la poursuite du professeur
Amoureux
Tentez le patron

Deuxième chance de tomber
Oh! Catherine
Bouche à bouche
La première Noëlle de Storme
Frappant
Le cœur n'est jamais silencieux
Une nuit dans une tempête de neige
Les plaisirs du carnaval

Jacob

Je suis de retour à Londres pour être avec mes parents à l'anniversaire de la mort de ma sœur quand mes amis me convainquent de lâcher prise et de m'amuser au carnaval de Notting Hill à Londres.

Je devrais être avec ma famille, mais je ne peux pas refuser l'occasion de voir ma meilleure amie de toujours, Maddie, la femme dont je suis amoureux depuis aussi longtemps que je me souvienne. J'ai accepté ma place dans la « friend zone » en ce qui la concerne, mais quand une opportunité de lui montrer mes vrais sentiments se présente, je la saisis à deux mains, à deux lèvres et de tout mon cœur.

Maddie

En tant qu'infirmière, je travaille de longues heures.

Alors, quand ma colocataire me persuade d'échanger ma blouse contre une robe glamour et un beau masque au carnaval de Notting Hill, j'en profite pour me détendre et m'amuser. Partager un baiser torride avec un autre fêtard masqué est inattendu et excitant, mais il y a quelque chose chez cette inconnue pécheresse et sexy qui semble… étrangement familier.

Je suis tirée de ses bras par la foule au moment même où je réalise que mon étranger sexy n'est autre que Jacob, mon meilleur ami que je n'ai pas vu depuis presque trois ans.

Les circonstances nous ont séparés, mais Jacob et moi partageons un lien spécial. Je l'ai tenu dans mes bras pendant qu'il pleurait la perte de sa sœur. Je lui ai fait part de certaines de mes peurs et de mes secrets les plus intimes.

Et maintenant que je l'ai embrassé, je veux lui dire un autre secret : mes sentiments pour lui sont loin d'être platoniques.

Mais puis-je risquer de perdre le meilleur ami que j'aie jamais eu pour avoir une chance de vivre pour toujours ?

Chapitre 1

Maddie

De la sueur froide coule sur mon front, collant ma frange à mon front alors que je me couche dans mon lit.

Ma respiration est difficile, une forte respiration sifflante alors que j'essaie de me calmer.

En attrapant l'eau que je garde sur ma table de chevet, je fais tomber l'alarme au sol et la lueur du cadran rebondit sur les murs de ma chambre.

Une chose que je peux voir ? Je me demande en essayant de concentrer mon esprit.

Mes yeux tombent sur le réveil. J'avale l'eau.

Deux choses que je peux sentir ?

L'assouplissant que j'utilise et... ma propre sueur ?

Beurk.

Je ferme les yeux et prends une profonde inspiration, me sentant déjà plus calme.

Trois choses que je peux ressentir ?

La pinte froide, les draps et...

Je tends ma main libre jusqu'à ce que mes doigts s'enroulent autour de l'éléphant rouge en peluche que Jacob a gagné pour moi lors d'une foire quand nous étions enfants.

Fâché.

Le nom était son idée d'une blague sur mon humeur maussade face à un endroit aussi bondé, mais maintenant je trouve du réconfort dans sa fourrure douce, bien qu'un peu usée.

Enfin, je suis suffisamment calme pour sortir du lit.

Je me dirige vers la cuisine pour remplir mon verre, tenant Huffy par sa malle usée dans mon autre main avec mon journal caché sous mon bras.

Conformément aux instructions de mon thérapeute, je note l'heure dans mon journal de rêves et ce qu'implique le cauchemar.

Des cris de panique.

Des couloirs sans fin.

Impossible de trouver une issue.

Un frisson parcourt ma colonne vertébrale et je me demande si je pourrai un jour dormir sans cauchemars.

Sans être hanté par le passé, je pensais m'être enfin échappé.

Je pense à Jacob et à la façon dont je lui envoyais un texto chaque fois que je faisais un cauchemar.

Il a toujours répondu.

Même à des heures stupides du matin.

Je regarde le couloir qui mène à ma chambre, où mon téléphone repose sur ma table de nuit. Mais l'idée d'y retourner maintenant me révolte l'estomac.

En plus, je dois apprendre à gérer ça par moi-même.

Ma colocataire, Fiona, entre dans la cuisine. "Hé, bébé", dit-elle en bâillant.

« Qu'est-ce qui te fait dormir à cette heure ? » La prise de conscience apparaît sur son visage lorsqu'elle aperçoit mon journal.

Elle se rapproche et m'enveloppe dans une chaleureuse étreinte. « Des cauchemars, hein ?

"Je suis désolé, est-ce que je t'ai réveillé ?" Je demande à sa masse de cheveux bouclés.

"C'est bon. Tu veux de la compagnie ?' »

Je secoue la tête. "Non, je vais retourner me coucher et voir si je peux dormir un peu plus avant le début de mon quart de travail."

Je lui serre la main avec gratitude et retourne dans ma chambre. C'est bizarre, mais je n'ai jamais parlé à Fiona de mes cauchemars ni de la raison pour laquelle j'en ai.

Mais elle semble toujours savoir que quelque chose se cache là, dans mon subconscient. D'une manière ou d'une autre, au fil du temps, elle est devenue la béquille dont j'ai besoin la nuit, mais elle ne sera jamais Jacob, et mon cœur se brise un peu à quel point il me manque.

À quel point nous me manquons.

Jacob

Maman sanglote doucement derrière la porte.

Je sais que c'est égoïste, mais je ne voulais pas revenir ce week-end.

Pas le jour de l'anniversaire de la mort de ma sœur. C'est dur de faire face à la perte d'une lumière aussi vive et belle, tout en essayant de réconforter ma mère. Ce n'est pas que je ne veux pas la réconforter.

Je ne sais juste pas comment.

Je veux dire, que dire ? Ce n'est pas comme si je pouvais dire à maman que tout ira bien. Kait est partie.

Elle ne reviendra pas. Deux des faits les plus durs que nous ayons jamais eu à affronter.

Je frappe doucement à la porte - la porte de la chambre de Kait - sachant ce qu'il y a de l'autre côté. La pièce est restée intacte, un sanctuaire dédié à ma sœur.

Maman sera entourée de photos de Kait étalées sur le lit. Le lapin en peluche de Kait serré dans un poing, les bracelets d'hôpital serrés dans l'autre.

Elle ne m'appelle pas pour entrer, mais j'ouvre quand même la porte, espérant que l'odeur du café frais lui fera autre chose que des larmes.

Elle me salue à peine lorsque je pose la tasse à côté d'elle. « Bonjour, maman. »

Papa est déjà parti au travail, sa routine habituelle depuis la perte de Kait il y a quatre ans. Il ne supporte pas que maman soit comme ça.

Il ne sait pas comment arranger les choses, je suppose. Parce que comment peut-on arranger la perte d'un enfant ?

Le sourire effronté de Kait me sourit depuis une photo, et ma poitrine se serre pendant une seconde.

Elle ne voudrait pas que nous soyons tristes.

Je prends la photo, une photo que papa a prise au cours des dernières semaines de son traitement.

J'avais demandé à maman de me raser la tête pour qu'elle corresponde à celle de Kait, et Kait a trouvé ça hilarant, prétendant que j'avais une tête d'alien.

Maman se tient en arrière-plan avec la tondeuse et ce sourire triste et entendu sur son visage tandis que ses yeux hurlent silencieusement : « Pas mon enfant ! Ne prends pas mon enfant ! »

Je remets la photo sur le lit, en souhaitant que les choses soient différentes.

J'aurais aimé que Kait ait survécu à sa tumeur cérébrale, j'aurais aimé que ma mère n'ait jamais eu à faire son deuil. J'aurais aimé qu'elle ne se perde pas dans le chagrin.

Parce qu'en chemin, j'ai perdu ma mère et ma sœur.

La seule bonne chose à propos de mon retour à la maison pour le week-end, c'est que je pourrai voir Maddie. Ma meilleure amie pendant plus de la moitié de ma vie, séparée par les différentes universités que nous avons fréquentées.

Elle a toujours rêvé de devenir infirmière, et même si elle me manque tous les jours, je sais qu'elle est plus heureuse de suivre son cœur. Même si cela me brise le mien de ne pas pouvoir la voir tous les jours.

Je prends mon téléphone pour taper un message. Il fut un temps où nous pouvions finir les phrases de l'autre. Parler toute la nuit de chaque petite chose.

Nous nous sommes toutes les deux demandées si nous pouvions être plus que de simples amies, mais nous avons convenu de ne pas risquer notre amitié.

Mon Dieu, elle me manque.

Je ferme la porte de maman derrière moi et je sors. Je ne peux pas rester ici entourée de souvenirs de Kait, de souvenirs de moments plus heureux.

Des moments plus heureux dont je ne suis pas tout à fait sûre qu'ils aient jamais existé.

Chapitre 2

Maddie

Le service des urgences est bondé. La salle d'attente est bondée et malgré tous mes efforts, je n'arrive pas à trier les patients plus rapidement. Heureusement, rien ne met la vie en danger jusqu'à présent. Il s'agit principalement de coupures et de contusions. Quelques têtes cognées à recoller. Ce stage a été le plus mouvementé jusqu'à présent et m'a fait réaliser que je ne suis pas faite pour ce côté de la médecine d'urgence.

Mon téléphone vibre dans ma poche pendant qu'une patiente glamour de soixante-douze ans me raconte comment elle pense s'être cassé le bras lors d'une ébats osés au petit matin avec son petit ami marié de trente et un ans. À vingt et un ans, j'aimerais bien vivre moi-même une ébats osés. Ou n'importe quel genre d'ébats, d'ailleurs.

Son bras est enflé et ses mouvements sont limités. Je saisis toutes les informations pertinentes dans l'ordinateur et lui demande de se rendre au service de radiologie, sortant mon téléphone de ma poche alors qu'elle part.

La chaleur familière que me procure le nom de Jacob me remplit et la tension dans mes épaules s'atténue. Je sais ce que c'est aujourd'hui et j'aurais tellement aimé avoir un jour de congé, mais c'est le dernier jour de mon stage final avant de me qualifier et ce n'est pas aussi simple que de demander un jour de congé.

Jacob : Tu veux le rencontrer demain ?

Je suis soudainement submergée par l'envie de l'appeler. D'entendre sa voix. De lui raconter tous mes cauchemars et de le laisser me tenir dans ses bras comme avant. De lui dire que tout va bien et que je suis en sécurité maintenant. En sécurité avec lui.

Seulement, je ne suis pas avec lui. Parce que comment pourrions-nous risquer notre amitié pour quoi que ce soit de plus alors que cela pourrait ne pas fonctionner ?

Un autre patient entre alors je remets mon téléphone dans ma poche, je souris et je me concentre sur la tâche à accomplir.

Lorsque mon service est terminé et que j'ai signé, je suis épuisée, mais un sentiment d'excitation m'envahit. Une dernière évaluation sous la forme de ma thèse et je serai une infirmière qualifiée.

Je sors mon téléphone pour répondre à Jacob.

Moi : J'adorerais, mais j'ai promis d'aller au Carnaval avec Fiona.

La chaleur est étouffante dans le métro alors que je rentre chez moi. Je me sens mal de ne pas avoir suggéré de boire un verre ce soir, alors j'envoie un autre message dans ce sens. Je veux soutenir Jacob, surtout aujourd'hui, mais bon sang, je suis épuisée.

Mon téléphone sonne.

Jacob : Désolé, je dois gérer les disputes entre papa et maman. J'essaierai de te retrouver au Carnaval demain.

La culpabilité me noue l'estomac.

Si je pouvais éviter d'aller au Carnaval, je le ferais. Ce n'est vraiment pas mon truc. Mais Fiona n'a pas lâché prise jusqu'à ce que je cède et que je dise que j'irais avec elle, juste pour la faire taire. Ça ne me dérange pas, mais je ne sais pas à quoi m'attendre, et je n'aime pas être prise par surprise. J'aime avoir le contrôle, et devoir aller à un événement auquel je n'ai jamais assisté auparavant avec des milliers d'étrangers me fait des nœuds.

Jacob

Quand mes parents se sont calmés et sont allés se coucher, je suis épuisée. Épuisée. C'est la même chose chaque année depuis que nous avons perdu Kait, sauf que chaque année, je suis plus âgée et ils ont traité la dispute en conséquence. Plus de cris, plus de jurons, plus de choses qu'un enfant ne veut pas entendre ses parents dire. Je déteste l'admettre, mais parfois, j'aimerais que ce soit moi qui meure. J'aurais aimé que Kait ait pu vivre et que mes parents aient pu être heureux, aussi irrationnelle que soit cette pensée. Les parents ne sont pas faits pour perdre des enfants. Être témoin de leur dévastation me rend méfiante à l'idée d'avoir mes propres enfants, quelque chose que j'ai fait l'erreur de partager avec papa, ce qui a déclenché la dispute. Puis maman s'en est mêlée et tout est allé de mal en pis à partir de là.

Ils ne comprenaient pas mes peurs, comment la perte de Kait m'avait laissé avec mes propres démons à combattre pendant qu'ils étaient occupés à faire leur deuil. Le deuil est un mélange d'émotions qui vous foutent la tête en l'air, et nous avons tous traité cela de différentes manières, tirant dans des directions opposées. Je déteste la façon dont la mort de Kait a fait vieillir mon père, la façon dont elle a poussé ma mère à bout. Mais surtout, je déteste la façon dont elle a détruit notre unité familiale.

Je ne sais pas à quelle heure maman et papa sont allés se coucher à la fin, mais je me suis effondré dans ma chambre un peu après minuit avec Def Leppard à fond dans mes écouteurs pour les couvrir.

L'alarme se déclenche et je me retourne dans mon lit pour vérifier mon téléphone. Je regrette de me réveiller avec le nom de Maddie sur mon écran avec un message de bonjour et des émojis ridicules. C'est fou de l'imaginer aller au carnaval. Quelque chose de si occupé, si plein d'énergie. Il me fallait des jours pour la convaincre de venir à la fête foraine qui passait une fois par an. Elle ne cédait le dernier jour que si je lui promettais de lui acheter de la barbe à papa et un sac de beignets sucrés.

Elle déteste la foule, le bruit et ne pas avoir le contrôle. Je ne peux pas imaginer que cela ait beaucoup changé au cours de l'année où nous n'avons pas été dans les poches l'une de l'autre. Mais j'ai beaucoup changé, et peut-être qu'elle aussi. Peut-être qu'elle a perdu l'armure invisible du traumatisme qu'elle a subi aux mains de son beau-père quand elle était adolescente. Peut-être qu'elle est un peu plus à l'aise dans des environnements animés.

Sa formation d'infirmière l'a forcée à se retrouver dans des situations hors de contrôle. Elle a toujours dit qu'elle voulait être infirmière parce que cela consiste à prendre le contrôle d'une situation et à aider les gens. Sa nature nourricière a été l'une des premières choses que j'ai remarquées chez elle lorsque nous nous sommes rencontrées pour la première fois. Elle n'a jamais laissé les abus de son beau-père l'atténuer. Au contraire, cela l'a rendue plus déterminée à poursuivre son rêve.

Le carnaval commence dans deux heures. Les rues seront remplies de rangées et de rangées de chars, de danseurs et de batteurs de calypso. Au fur et à mesure qu'ils mettront de côté leurs inhibitions, des inconnus deviendront amis, peut-être même amants.

Au moment où je suis douchée, habillée et que je sors, ma mère a fait surface dans sa chambre. Ses yeux sont rouges, mais au moins elle porte des vêtements propres et est prête à mettre son deuil de côté pour une autre année.

« Je vais au carnaval plus tard. Est-ce que papa et toi voulez venir ? » Je lui demande.

« Oh, non, merci, Jakey. Vas-y et passe une bonne journée. »

Elle ne m'a pas appelée « Jakey » depuis que je suis enfant. Je la regarde descendre les escaliers, hébétée, et je me demande si elle peut être laissée seule en toute sécurité.

Mon téléphone me distrait en émettant un bourdonnement avec un message de ma meilleure amie.

Quin : Retrouve-moi à The Edge avant le carnaval.

Je tape rapidement une réponse.

Moi : Je ne peux pas. Je vais d'abord rencontrer Maddie.

Quin : Crois-moi, si tu veux voir Maddie, tu dois me retrouver là-bas.

Je fronce les sourcils. C'est ma chance de la voir après un an sans elle. Je dois y aller.

Chapitre 3

Maddie

J'essaie de ne pas aller au Carnaval, mais Fiona n'en veut pas.

« Maddie, chérie, tu vas adorer ! » déclare-t-elle avec son accent joyeux de l'East End.

Je ne peux m'empêcher de sourire. Elle devient si animée quand il s'agit de ce genre de choses. Je suppose que c'est l'artiste en elle. Un trait de personnalité que je ne partage pas.

« C'est juste tellement occupé », je soupire.

La couverture des nouvelles locales a souligné que c'était la plus grande foule qu'ils aient jamais eue, et elle n'a même pas encore commencé.

« Baaaaabe », dit-elle en inclinant la tête en arrière et en tapant du pied. « Tu as promis. »

« Tu veux dire que j'ai perdu un pari », je fais la moue. Mais elle a raison. Un pari est un pari. Une promesse est une promesse. Je suis condamnée.

« On ne sait jamais, tu pourrais trouver un beau mec canon du Carnaval avec qui passer le reste du week-end férié. » Elle remue les sourcils et laisse échapper un rire. « En plus, je t'ai fait ça. »

Elle me tend une boîte, assez petite pour tenir dans mes mains écartées de la largeur de ma poitrine, mais assez grande pour me rendre nerveuse.

J'ouvre lentement les rabats pour révéler des masses de plumes roses, de rubans et de perles.

« Fee, je t'aime, mais je ne porte pas ça. »

« Bien sûr que tu l'aimes, bébé », répond-elle en sortant une autre boîte.

Je déglutis. « S'il y a des bikinis assortis incrustés de bijoux là-dedans, je suis complètement dehors. »

Je n'ai peut-être jamais assisté à un carnaval auparavant, mais j'ai vu les conséquences. Je sais que les vêtements sont facultatifs pour les artistes, et la plupart des gens sont nus et ivres à la fin de la nuit. Très ivres. »

Elle rit avant de sortir sa propre pile de paillettes noires et dorées.

« Qu'est-ce que c'est ? » je demande.

Elle fait une grimace. « C'est un masque, Maddie, comme un masque de mascarade. »

Je sors l'enchevêtrement d'argent de la boîte et démêle tout pour découvrir qu'il s'agit bien d'un masque. « Mais pourquoi ? Je ne pensais pas qu'ils portaient des masques au carnaval de Notting Hill. »

Je l'ai enfin disposé assez soigneusement pour voir à quel point il est beau. Il couvre les deux yeux et l'arête de mon nez.

« Pourquoi pas ? Quand on porte des masques, tout peut arriver. » Fiona remue à nouveau les sourcils. « Les rubans se tisseront aussi dans tes cheveux », ajoute-t-elle, démêlant son masque et le plaçant contre son visage. Il est magnifique contre sa peau légèrement tachetée de rousseur et ses cheveux roux bouclés. « J'ai fait le tien de cette couleur pour qu'il aille avec ta robe d'été. »

Je sais exactement de quoi elle parle. « Je vais me changer », dis-je en souriant. Il y a quelque chose d'incroyablement attirant dans le fait d'être derrière un masque.

Qui sait ce que la soirée pourrait apporter ?

Jacob

Je rencontre Quin à The Edge, un café-bistro local. Les rues à l'extérieur sont déjà bondées de gens attendant le début du défilé.

« Qu'est-ce qui se passe, mon pote ? » je demande à Quin en tirant une chaise et en le rejoignant à la table ronde.

"Jésus, tu as l'air dur", dit-il, l'air inquiet.

Je hausse les épaules. "Quelques jours difficiles, tu sais?"

Quin grimace. "Ouais, mon pote, je sais."

Je me passe une main fatiguée sur le visage. « J'ai eu une énorme dispute avec maman et papa, et ils sont restés debout toute la journée à se crier dessus. »

« Merde, je suis désolé. C'est dur. Ça ne devient jamais plus facile, hein ? » demande Quin, bien que sa question soit rhétorique.

Il attire l'attention de la barista – qui se trouve être sa petite amie – puis me pointe du doigt. Je me tourne pour lui faire signe de la main, et elle me fait un sourire avant de me préparer mon verre.

« Alors, qu'est-ce qui est si important pour que tu me fasses venir ici ? » je demande.

« J'essaie juste de te donner un coup de pouce dans la bonne direction, Jake », dit Jessica, la petite amie de Quin, en apparaissant à côté de moi. Elle échange un regard entendu avec Quin en plaçant un expresso devant moi.

Je lève un sourcil vers elle. « Un coup de pouce dans la bonne direction ? »

Jessica hoche la tête. « Après le défilé, une fois qu'il fait nuit, c'est là que tout le truc du bal masqué commence. »

Je secoue la tête. « Tu m'as perdue. »

« Maddie sera là, portant un masque. Tu seras là, portant un masque. Nous pensons simplement que ce sera une bonne occasion pour toi et elle de réaliser enfin que vous devriez être ensemble », explique Jessica.

Je plisse les yeux vers elle pendant un long moment avant que mon cerveau ne se remette en marche. « Maddie et moi ne sommes que des amis. Je n'arrête pas de te le dire. »

Quin grogne. « Mon pote, tu as été malheureux tout le temps où vous avez été séparés. Je pense qu'il est temps que tu lui dises ce que tu ressens. »

« Tu as perdu la tête, Quin. »

« Habille-toi bien, mon pote », dit-il en faisant glisser une boîte noire sur la table vers moi.

Je le regarde pendant une minute, essayant de comprendre si ce n'est pas juste un stratagème fou pour me faire une farce. Mais je ne vois aucun signe de malice sur son visage.

Je soulève lentement le couvercle de la boîte, me demandant ce que je suis sur le point de trouver.

Un masque noir et argent est niché dans la boîte. Je pousse un soupir de frustration. Mes amis ont vu clair dans mes conneries et essaient maintenant de me mettre en contact avec Maddie.

« Suis-je si pathétique que ça ? » Je lance un regard noir, en sortant le masque de la boîte et en le retournant pour trouver l'élastique qui le fixera à ma tête.

« Tu n'es pas pathétique, Jake », répond Quin. « Je sais ce que l'on ressent, ce que l'on ressent quand la femme que l'on aime ressent la même chose », dit-il doucement. Jessica et lui échangent un regard qui me donne l'impression de m'immiscer dans un moment intime. Il retourne son attention vers moi, son expression sérieuse. « Fais-moi confiance. Maddie ressent la même chose pour toi, et il est temps que vous deux lui donniez une chance. »

Jessica jette un coup d'œil par-dessus son épaule, vérifiant les clients. « Je dois aller servir, mon amour », dit-elle en me serrant le bras alors qu'elle retourne derrière le comptoir. Elle s'arrête et se retourne vers moi. « Ne laisse pas la peur te retenir, Jake. Elle te laisse juste avec des regrets. »

Chapitre 4

Maddie

Fiona coiffe mes cheveux en boucles qui tombent autour de mes épaules. Cela fait tellement longtemps que je ne l'ai pas porté que j'ai presque oublié ce que ça fait. Rien que cela me fait me sentir féminine comme je ne l'ai pas fait depuis longtemps, voire jamais. Alors que nous sortons de la maison, une légère brise se lève et joue avec les mèches lâches, et je ressens un frisson d'excitation.

« J'ai juste besoin d'envoyer un texto à Jacob », dis-je à Fiona.

Moi : Je vais à une fête à Notting Hill. Pouvons-nous nous rencontrer ?

Après quelques instants à regarder les bulles rebondir sur l'écran :

Jacob : Bien sûr, je te préviendrai quand j'y serai.

Je dépose mon téléphone dans le petit sac que je porte et me dirige vers le défilé.

A mesure que nous nous rapprochons, la musique nous parvient. Le dynamisme et l'énergie sont contagieux, et il ne faut pas longtemps avant que nous souriions et nous joignions à la danse. De nombreuses autres personnes masquées se déplacent dans la foule, l'air mystérieuses et quelque peu sexy. C'est drôle comme ces masques aident à relâcher les inhibitions.

Fiona apparaît avec un verre, j'enlève le bouchon et prends une gorgée. Je ne suis pas un grand buveur et je suis heureux de découvrir qu'elle m'a acheté une bière légère.

Les heures suivantes se déroulent dans un flou de couleurs et de rythmes. Nous applaudissons et dansons au rythme des défilés jusqu'à ce que finalement le dernier char passe, suivi par des centaines de personnes masquées. Les hommes sont élégamment vêtus de pantalons et de smokings, les femmes de robes d'été fluides, tourbillonnant au rythme de la musique.

Nous continuons jusqu'à Ladbroke Gardens, où nous observons les gens commencer à lancer des banderoles en papier dans les airs. Fiona applaudit, attrapant les rubans dans ses mains et les jetant là où ils s'accrochent à une branche d'arbre. Elle me regarde, la bouche relevée en un sourire entendu, et je ne peux m'empêcher de penser qu'elle prépare quelque chose.

L'atmosphère est électrique, toute la rue et les parcs environnants sont décorés de rubans, de guirlandes, de banderoles et de lanternes noirs et blancs. Il y a des food trucks et des bars où hommes et femmes sont légèrement vêtus et portent également des masques. Il y a un niveau intense de sex-appeal et un manque d'inhibitions. On a l'impression qu'un paroxysme de fièvre est atteint alors que la musique retentit du camion de parade qui est arrêté d'un côté. La musique est séduisante et légère mais envoûtante à la fois.

Les artistes du défilé dansent sur la musique, leurs coiffes de plumes ondulant au gré du mouvement, leurs costumes vibrants scintillant dans les lumières.

À mesure que la foule s'épaissit, l'anxiété fleurit dans mon estomac. Les couleurs et les sons qui m'avaient fasciné il y a quelques instants tourbillonnent et s'inclinent désormais autour de moi de manière menaçante.

"Où allons-nous?" Je crie à Fiona, mais elle ne m'entend pas.

La foule des fêtards m'entraîne avec eux et mon estomac se retourne sous l'effet d'une peur nerveuse. J'inspire, me rappelant que je suis en sécurité. Personne ici ne veut me faire du mal. Je rencontrerai Jacob bientôt. Tout ira bien.

Mes yeux cherchent Fiona, mais il n'y a aucun signe d'elle. Je me tourne et me retourne, essayant de me libérer de la foule et de courir tête première vers un large coffre. Je perds presque l'équilibre, mais des mains fortes mais douces me maintiennent debout. Il y a quelque chose d'étrangement protecteur dans sa prise.

Qui qu'il soit, il sent divinement bon. Je lève les yeux, mais son masque couvre tellement son visage que je n'arrive pas à le distinguer. Le pantalon et la chemise sombres ont l'air chers et conviennent comme s'ils avaient été faits pour son corps musclé.

Il baisse son regard pour rencontrer le mien mais ne sourit pas et n'affiche aucune autre mesure de norme sociale. J'ai envie de me retourner et de m'éloigner, mais je ne peux pas. Je suis attiré par lui comme s'il était une planète et je suis sa lune. Il m'a sur son orbite et je suis coincé.

Ses mains bougent légèrement sur mes bras, ses doigts scintillent sur ma peau. L'effroi et la peur s'apaisent de mon estomac, remplacés par une anticipation chaleureuse. Il passe une main autour de ma colonne vertébrale jusqu'à ma nuque, où il serre juste assez fort pour que je penche ma tête en arrière. Et puis il pose ses lèvres sur les miennes.

Je devrais être indigné. Je devrais gifler cet homme étrange, me retourner et partir en trombe. Mais je suis complètement figé sur place, incapable de bouger alors que la main qui caressait mon bras glisse jusqu'à mon poignet puis se déplace jusqu'à ma taille. Ses lèvres se pressent doucement contre les miennes, attendant que je réponde, et quand je ne le fais pas, il presse sa langue contre elles.

J'ai l'impression d'être dans une tempête d'été alors que la sensation de son baiser commence à me submerger. Je lui ouvre la bouche, l'invitant volontiers à l'intérieur tout en acceptant que j'ai perdu la tête.

Jacob

Maddie est facile à repérer.

Même dans la foule, elle se démarque comme un phare de lumière. Ses cheveux ondulent autour de ses épaules en vagues blondes platine, et l'envie de passer entre mes doigts dans ces mèches soyeuses est puissante.

Personne ne brille comme elle. Elle a une luminescence, une lueur qui la baigne.

Elle porte la robe qu'elle a achetée pour assister au mariage de son frère l'année dernière, lumineuse et vivante, et son masque a été confectionné pour être assorti.

Fiona se tient à ses côtés, mais alors que je me fraye un chemin à travers la mer de corps, je remarque qu'elle s'éloigne, laissant Maddie seule. Au moment où je me place derrière Maddie, elle commence à se retourner et, au même moment, quelqu'un me heurte, me faisant tomber en avant. Alors que Maddie finit de se retourner, elle trébuche sur moi et perd l'équilibre.

Mes mains se tendent, la capturant et la maintenant stable. Elle sursaute, surprise, et me regarde. Je suis cloué sur place. Est-ce qu'elle me reconnaît ? Elle le fera si elle m'entend parler. Elle essaie de faire un petit pas en arrière et je resserre mon étreinte sur elle. Ses yeux bleus brillent de surprise et d'un soupçon de peur.

J'attends un instant, caressant inconsciemment mes doigts sur la peau soyeuse de ses bras.

C'est peut-être ma seule chance. Ses yeux me défient, brillants de courage et de clarté, ses lèvres peintes et charnues.

Avant qu'elle n'ait le temps de réaliser qui je suis, je lève ma main pour prendre sa nuque et je plonge ma tête vers la sienne.

Maddie se tend contre moi tandis que mes doigts parcourent la peau lisse de son bras nu jusqu'à atteindre son poignet. Je déplace mon autre main vers sa taille, la serrant tandis que j'amène son corps contre le mien et lèche doucement ses lèvres avec ma langue, l'encourageant à s'ouvrir pour moi. Ses seins sont pressés contre ma poitrine, et ma bite répond en conséquence tandis que nos langues bougent dans un rythme qui a parfaitement du sens. Ses mains se déplacent pour saisir ma chemise de chaque côté de ma taille, froissant le tissu dans ses poings.

Puis mon téléphone vibre dans la poche arrière de mon pantalon. Je gémis en m'éloignant d'elle, ses yeux toujours fermés, ses lèvres entrouvertes. Je ne peux m'empêcher de sourire tandis que ses yeux s'ouvrent.

Je jette un coup d'œil à l'écran, agacé par celui qui a interrompu notre baiser. Je suis surpris de voir que c'est mon père, la première ligne du message m'alertant d'une urgence avec ma mère.

Je suis déchiré en deux. Je ne veux pas quitter Maddie. Je veux lui faire comprendre que nous sommes faits l'un pour l'autre. Je veux la ramener à la maison et la faire mienne. Mais mes parents ont besoin de moi.

Après un dernier regard vers Maddie, je me retourne et je pars.

Chapitre 5

Maddie

Qui que soit cet homme, il m'a laissée perplexe et légèrement excitée.

Fiona est soudainement de retour à mes côtés, parlant à toute allure. « Qui était ce canon ? » demande-t-elle, les yeux écarquillés.

Je commençais à penser que j'avais imaginé toute la scène. « Tu l'as vu, n'est-ce pas ? » je demande, en pointant du doigt la direction générale dans laquelle il s'est dirigé après avoir brusquement mis fin à notre baiser. J'étais si profondément en elle que j'avais l'impression d'avoir été arrachée à la planète et que rien ni personne d'autre n'existait. « Il a juste... » Parti ?

« Bizarre, » acquiesce Fiona. « Mais sexy. »

Je secoue la tête dans le but de reconnecter toutes les voies neuronales qu'il a libérées dans mon cerveau.

Reprends-toi, Mads, je me dis. Mais quelque chose me taraude au fond de l'esprit.

Je sors mon téléphone de mon sac et vérifie si j'ai un message de Jacob. Il a dit qu'il enverrait un message quand il serait là, mais jusqu'à présent, rien.

« Chérie, il y a plein d'autres mecs sexy ici. Il y a toutes sortes de péchés qui se produisent de l'autre côté de la rue. Nous devrions y aller. » Fiona me tire par le bras, mais je la repousse et elle rebondit sur la route sans moi.

« Non, je vais trouver Jacob », je crie par-dessus la musique en tapant un message pour lui.

J'attends, la tête baissée, les yeux rivés sur mon écran, à la recherche des bulles rebondissantes qui m'indiquent qu'il répond.

Jacob : SOS avec maman. J'ai dû quitter la fête, désolé.

Alors, il était là ?

Moi : Où es-tu ?

Jacob : Hôpital.

J'envoie un message à Fiona pour lui faire savoir que je quitte la fête et je hèle un taxi.

« Où vas-tu, mon amour ? » demande le chauffeur, et je lui donne le nom de l'hôpital.

C'est bizarre de franchir les portes de l'hôpital principal en tant que visiteur au lieu d'être ici pour le travail. L'anxiété revient alors que je me fraie un chemin à travers la foule, dont beaucoup sont habillés de costumes de carnaval fantaisie. La culpabilité

commence à prendre le dessus sur l'anxiété alors que le baiser de l'étranger brûle toujours sur mes lèvres. J'envoie un texto à Jacob pour lui demander où il se trouve à l'hôpital, quand il apparaît devant moi, son masque pendant dans sa main. L'expression de son visage me fait mal au ventre. Il a l'air sous le choc.

« Jacob ! »

Sa tête se lève brusquement lorsque je l'appelle par son nom. Ses yeux ocre entrent en conflit avec les miens, et il cligne des yeux à deux reprises.

« Maddie ? »

Je cours vers lui, m'arrêtant en l'atteignant. Il a l'air si perdu, ses yeux au loin. Je passe ma main sur son bras, attirant son attention sur moi, sur l'ici et maintenant. La douceur du tissu bleu marine fait grandir la tension dans mon esprit, mais je la repousse et me concentre sur mon ami.

« Maman a eu une crise cardiaque. » Sa voix est tendue, comme si cela me faisait mal de prononcer ces mots.

Je le serre fermement dans mes bras. « Comment va-t-elle ? » Je lui murmure à l'oreille.

Son gros corps frémit contre moi. « Je ne sais pas. »

Je le libère mais reste près de moi. « Viens. »

Je le tire doucement le long des couloirs, m'arrêtant au café pour prendre des boissons pour lui et son père. Le garder occupé jusqu'à ce que le médecin soit disponible est la seule chose à laquelle je pense.

Jacob

« Tu devrais être à la fête foraine », dis-je d'un ton bourru, me sentant coupable qu'elle ne l'ait pas vue.

Maddie tourne brusquement la tête. « Non, je ne devrais pas. Je devrais être ici avec toi. »

Maddie m'a tout expliqué, que maman avait besoin de repos et que nous ne pouvions pas faire grand-chose d'autre qu'attendre.

« Les enfants », mon père se glisse hors de la chambre de maman et s'approche de nous. « Vous devriez rentrer à la maison. Je vous appellerai pour vous donner des nouvelles. » Il se tourne vers moi. « Peux-tu apporter les affaires de ta mère demain, juste quelques vêtements et ses affaires de toilette et ma brosse à dents ? »

« Oui, bien sûr. » Je me lève et me tourne vers Maddie alors qu'elle se lève aussi. « Allons d'abord te ramener à la maison. »

« Je reste avec toi », dit-elle, son visage figé dans des rides obstinées, m'avertissant de ne pas discuter.

Le trajet en taxi jusqu'à la maison de mes parents est calme. Maddie est assise et joue avec les rubans de son masque, et je la regarde tandis que la lumière des lampadaires l'illumine rythmiquement. Je ne peux pas la quitter des yeux alors que les flashs du baiser se répètent dans ma tête. Elle est là maintenant, me soutenant quand j'ai le plus besoin d'elle.

En tant qu'amie, me rappelle mon esprit.

Elle a toujours été avec moi dans les moments de crise, a été mon calme dans la tempête et m'a soutenu quand la foudre frappe. Notre amitié sera ruinée si elle découvre que j'étais derrière ce masque au carnaval. Je la perdrai.

Putain, je l'aime tellement. La frontière entre amitié et amour est floue depuis longtemps pour moi, mais on ne peut pas en dire autant pour Maddie.

En déverrouillant la porte de la maison de mes parents, nous nous retrouvons face à l'attirail des ambulanciers éparpillé sur le sol.

Maddie prend rapidement le contrôle, ramasse tout, le froisse dans ses mains au fur et à mesure.

« Maddie, arrête. »

Elle lève les yeux vers moi depuis sa position à moitié penchée, un regard interrogateur dans les yeux.

Je secoue la tête. « Tu n'as pas à nettoyer. »

« Laisse-moi faire. Je me sens inutile, sinon », répond-elle, ses yeux bleus posés sur mon visage.

J'acquiesce, me frottant le visage d'une main lasse. Maddie finit de ramasser les sachets vides et les petits morceaux de plastique blanc et les emmène dans la cuisine, où je l'entends mettre la bouilloire sur le feu.

Je la regarde se déplacer dans la cuisine de mes parents avec aisance, sa robe flottant autour de ses jambes alors qu'elle marche de l'évier au plan de travail. Elle atteint les placards hauts pour attraper quelques tasses, ses bras fins et longs.

Avant que je ne m'en rende compte, je suis propulsée en avant par une force que je ne connais pas. J'enroule un bras autour de sa taille alors qu'elle se retourne, se penche en arrière, se demandant ce que je fais. Mais je ne peux pas m'en empêcher. L'envie de la tenir est trop forte. Comme une planète attirée vers son étoile. Je ne peux pas vivre sans elle.

Je la regarde dans les yeux et je la vois prendre conscience de ce qui se passe dans ces flaques d'eau azur.

« C'était toi », souffle-t-elle, alors que je réclame ses lèvres pour la deuxième fois ce soir.

Chapitre 6

Maddie

C'est de la folie.

Le désir gonfle au creux de mon ventre.

Je devrais y mettre un terme.

L'énergie autour de nous crépite et s'enclenche.

Nous allons ruiner notre amitié.

La chair de poule me parcourt tout le corps.

Je penche la tête en arrière, laissant Jacob ravager ma bouche tandis que ses mains remontent jusqu'à mes épaules et s'enroulent autour des bretelles spaghetti de ma robe. Il baisse les bretelles et je fais glisser mes bras pour porter mes mains à son visage. La robe pend précairement sur mes seins, prête à tomber à tout moment et à révéler que je ne porte qu'un string en dessous.

Mais je m'en fiche.

C'est tellement naturel et facile de faire ça avec Jacob. L'idée d'être nue devant lui ne m'effraie pas et ne me fait pas me sentir gênée. Et sur cette réalisation, je bouge légèrement et la robe tombe en une flaque sur le sol.

Jacob s'écarte du baiser et baisse son regard vers mes seins avec un gémissement. « Maddie... »

Ses mains trouvent leur chemin vers ma taille, et je peux le sentir serrer, tenant son contrôle aussi fermement qu'il me tient.

Je laisse tomber mes mains sur les boutons de sa chemise, les ouvrant aussi vite que je peux puis la poussant de ses épaules.

Je ne sais pas quand c'est arrivé, mais Jacob s'est musclé. Ses pectoraux se contractent sous mes mains lorsque je touche sa poitrine.

Il baisse la tête et lèche et mordille son chemin le long de ma mâchoire, mon cou, ma clavicule. Il gémit à nouveau lorsqu'il atteint mes seins et prend un téton dans sa bouche, passant sa langue dessus. Il empoigne mon autre sein, pressant légèrement, avant de laisser tomber ses mains sur mes cuisses et de me soulever.

J'enroule mes jambes autour de sa taille et mes bras autour de son cou pendant qu'il me regarde dans les yeux. Sa longueur dure pressée entre nous envoie des éclairs d'urgence à travers moi, et je me frotte contre elle. Il me porte dans le couloir et dans les escaliers tandis que je me balance dans de petits mouvements contre son entrejambe.

« Tu vas devoir arrêter de faire ça, Maddie. » Sa voix s'est approfondie d'excitation.

« Je ne pense pas avoir le contrôle de ce que je fais », je réponds à bout de souffle, en lui léchant le cou.

Nous arrivons dans sa chambre, un espace familier et confortable, et il se penche jusqu'à ce que nous soyons tous les deux sur le lit. Ses lèvres effleurent mon visage et mon cou avant de descendre vers mes seins, accrochant ses mains dans mon string et le tirant sur mes hanches.

En embrassant mon ventre, il atteint finalement ma chatte. Je peux sentir mon jus s'accumuler entre mes cuisses. Je suis tellement mouillée pour lui, cet homme merveilleux et magnifique qui fait partie de ma vie depuis si longtemps que je ne me souviens pas d'un moment où il n'était pas là.

Jacob écarte mes jambes et enfouit son visage entre mes cuisses avec un gémissement de satisfaction. Il passe sa langue sur ma chair sensible, et toutes les pensées s'envolent de ma tête...

Jacob

Maddie est encore plus divine que je ne l'imaginais. Son beau corps se tord sous moi pendant que je l'embrasse et la mordille, aimant chaque gémissement qui s'échappe de ses lèvres. La façon dont elle répond quand je lui fais plaisir confirme que c'est vrai. Elle le veut autant que moi.

Nous appartenons ensemble.

Je lance ma langue contre son nœud délicat, et ses gémissements et ses battements de hanches me disent que je le fais bien, qu'elle adore ça. Mon cœur se gonfle à cette idée et je grogne de manière possessive contre ses plis lisses.

Je suis déjà obsédé par son goût, par la façon dont sa chatte scintille et brille pour moi. La façon dont il glisse entre mes lèvres comme le dernier repas parfait. J'enfouis mon visage dedans, poussant ma langue aussi loin que possible dans son étroitesse.

"Jacob", halète-t-elle en se frottant contre mon visage, ses cuisses tremblant autour de ma tête. "Oh, mon Dieu, je vais...!"

Ma bite dégouline de liquide alors qu'elle explose autour de moi avec un cri rauque, sa chatte palpitant et palpitant contre ma bouche, ses mains agrippant mes cheveux. Je continue, la dévorant jusqu'à son orgasme alors qu'elle halète et gémit au-dessus de moi. Les sons les plus doux que j'ai jamais entendus.

Léchant le reste de ses délicieux jus, je rampe sur son corps, traînant des baisers sur sa peau douce jusqu'à ce que j'atteigne sa bouche.

Maddie gémit alors qu'elle se goûte sur ma langue et que ses jambes s'ouvrent plus largement. Elle les enroule autour de mes hanches, enfonçant ses talons dans mes cuisses et me poussant contre son noyau brûlant.

Je regarde ses yeux orageux. "Es-tu sûr, bébé?"

LES PLAISIRS DU CARNAVAL

Elle se mord la lèvre inférieure et hoche la tête. "Je suis sûr. Je te veux, Jacob. Je veux ceci."

Mon cœur donne un coup de fouet, frappant ma cage thoracique. « Y a-t-il... y a-t-il eu quelqu'un d'autre ? Je demande d'une voix rauque.

L'idée que quelqu'un d'autre soit avec ma Maddie me serre la poitrine de possessivité et mon ventre se retourne de jalousie. Il n'y a jamais eu personne d'autre pour moi. Elle l'est. Elle est à moi. Cela l'a toujours été.

Elle tend la main et prend mon visage entre ses mains. «Non», murmure-t-elle.

Je laisse échapper un souffle tremblant et me penche pour l'embrasser tendrement, taquinant sa bouche avec la mienne. Je guide la tête de ma bite dans sa chatte intacte, en la prenant lentement pour notre bien à tous les deux.

Ma première fois à l'intérieur d'une femme, ma femme, et j'ai l'impression de... rentrer à la maison. Je pousse mes hanches vers l'avant, m'enfonçant davantage dans ses profondeurs chauffées. Bon sang, elle est tellement serrée. La serrement de sa mâchoire me dit que c'est un peu douloureux pour elle, alors je m'arrête et l'embrasse profondément, prenant ses seins en coupe et glissant mes pouces sur ses mamelons jusqu'à ce qu'elle se détende autour de moi avec un soupir.

Puis je repousse chez moi, m'enfonçant profondément dans la femme la plus précieuse que j'aie jamais connue.

Chapitre 7

Maddie

Je n'arrive pas à réfléchir clairement. Qui aurait cru qu'avoir la bouche et la langue d'un homme entre mes jambes pourrait me faire oublier mon propre nom ? Alors qu'il lèche et suce mes plis, je me déchaîne, explosant dans l'air autour de moi tandis que mon corps se dissout en terminaisons nerveuses scintillantes et en Jacob.

Maintenant, il est épais et dur - et en moi. Chaque fois qu'il m'embrasse, il pousse ses hanches, m'étirant un peu plus et m'enfonçant un peu plus profondément.

Je sais qu'il se retient, et ça me rend folle. Je veux qu'il se sente bien avec mon corps comme il vient de me faire me sentir bien avec sa bouche. La douleur de son intrusion initiale s'atténue, et je lève mes hanches, l'encourageant à perdre le contrôle. Je veux voir sa sauvagerie, son besoin primordial pour moi. Je le veux sous moi. Je veux le voir comme il me voit.

Resserrant mes jambes de chaque côté de ses hanches, je le déséquilibre. Il lit mes désirs et roule avec moi pour se retrouver sur le dos avec moi à califourchon sur lui. Ses mains tombent sur mes hanches, me soutenant alors que je commence à me balancer contre lui, lentement au début, incertaine de ce que je fais. Mais le grognement de Jacob et la sauvagerie dans ses beaux yeux bruns lorsqu'ils se fixent sur les miens me disent qu'il le ressent.

Je roule mes hanches un peu plus vite alors que ses mains se resserrent sur mes hanches. Ses yeux parcourent mon corps, prenant chaque centimètre de moi, les seins rebondissant, les cheveux en bataille, le visage rouge.

« Mon Dieu, tu es putain de magnifique », marmonne-t-il, soulevant ses hanches pour rencontrer mes coups vers le bas.

J'aplatis mes paumes sur sa poitrine pour me donner un effet de levier, me soulevant et m'abaissant sur sa bite dure. Je serre mes muscles intérieurs autour de lui, le saisissant de toutes mes forces alors qu'un autre orgasme se précipite vers moi.

Jacob passe la main entre nous et fait rouler mon clitoris sous son pouce. Je me cabre et halète, gémissant et criant son nom.

« Je veux te sentir jouir sur ma bite, Maddie, » grogne Jacob, me pompant fort maintenant.

« Je... Jac... ob ! » je crie alors que mon orgasme me mord dans des vagues d'extase béates. Ma chatte pulse, gardant une prise ferme sur sa bite et l'entraînant par-dessus bord avec moi. « Maddie, baise, Maddie, » s'étouffe-t-il, ses doigts s'enfonçant dans mes hanches alors qu'il se déverse en moi.

Il serre les dents, les muscles de sa gorge tendus alors qu'il me pompe plein de son sperme avant de s'effondrer sur le matelas.

Jacob

Je serre Maddie près de moi alors qu'elle tombe d'au-dessus de moi. La serrant contre mon corps, elle est douce et détendue et, en quelques minutes, profondément endormie.

J'essaie de ne pas trop penser à ce que nous venons de faire - franchir une ligne qui était toujours si clairement tracée dans le sable avant.

Avant maintenant.

Avant qu'elle ne me manque autant, ma poitrine me faisait mal.

Avant qu'elle ne consomme chacune de mes pensées éveillées.

En sortant du lit, je cherche mon téléphone pour vérifier si j'ai des messages de mon père. Il n'y a rien. Je rassemble rapidement les affaires qu'il voulait avant de retourner auprès de Maddie et de la rassembler à nouveau près de moi.

Je ne sais pas combien de temps je dors quand je suis réveillé en sursaut par Maddie qui se redresse brusquement dans son lit, saisissant le drap que j'ai tiré sur nous.

Son visage est illuminé par la lumière de la lune filtrant à travers l'espace entre mes rideaux, ses yeux écarquillés, sa bouche ouverte dans un cri silencieux.

« Maddie », dis-je fermement, en l'attrapant par les épaules et en la secouant. « Réveille-toi, bébé. »

Ses yeux s'ouvrent brusquement, la terreur au fond. Elle cligne des yeux puis se concentre sur moi. « Jacob ? »

« Tu es en sécurité, Maddie. Tu es avec moi, dans mon lit, dans ma chambre, dans ma maison. »

Elle souffle d'un air tremblant et hoche la tête en absorbant mes mots. « Je dois rentrer à la maison. »

Je ne suis pas d'accord avec ça. « Maddie, s'il te plaît, reste. »

« Je ne peux pas », répond-elle. Elle regarde autour d'elle, se rappelant probablement que ses vêtements sont toujours dans la cuisine.

« Pourquoi ? » lui demandai-je en la suivant hors du lit et en descendant les escaliers.

Elle regarde autour d'elle dans la cuisine, confuse et fatiguée. « J'ai besoin d'espace pour réfléchir, Jacob. »

La douleur dans ma poitrine ne ressemble à rien de ce que j'ai jamais ressenti. C'est bien pire que n'importe quelle douleur physique.

« Tu fais toujours des cauchemars », dis-je, d'un ton accusateur. Je pensais qu'ils s'étaient arrêtés quand elle a arrêté de m'envoyer des textos au milieu de la nuit il y a un an.

Elle serre les lèvres. « Oui », murmure-t-elle. « Tous les soirs. »

Je m'approche d'elle. « Alors reste avec moi. Je t'aiderai. » J'ai envie de lui demander pourquoi elle a arrêté de m'envoyer des messages, mais ce n'est pas le moment.

Une expression tourmentée traverse ses beaux traits avant que ses yeux bleus ne deviennent vitreux.

« Parle-moi, Maddie. Qu'est-ce qu'il y a ? »

« Rien. Je dois y aller. »

Elle prend sa petite pochette et son masque et se dirige vers la nuit froide, vêtue uniquement d'une robe d'été.

Chapitre 8

Maddie

Je n'ai pas fait beaucoup de chemin avant que Jacob me rattrape.

« Tu ne veux peut-être pas me parler, Maddie, dit-il, mais je ne te laisserai pas rentrer chez toi au milieu de la nuit. Tout peut arriver. »

J'ai envie de crier que tout s'est passé. Nous avons couché ensemble. Nous avons eu des relations sexuelles réelles alors que nous étions censés être amis et rien de plus. Maintenant, je dois gérer ça en plus de tout le reste. Sa mère a eu une crise cardiaque, et deux heures plus tard, nous nous embrassions contre son comptoir de cuisine.

Jacob me suit jusqu'à ma porte et me regarde entrer.

J'ouvre légèrement le rideau pour voir s'il part, et après quelques minutes, il se retourne et rentre chez lui.

Je ferme les yeux, luttant contre les larmes. Je me suis perdue en Jacob, dans son toucher, ses baisers, la douce sensation de lui en moi. J'étais tellement absorbée par lui que je n'ai pas pensé aux conséquences de ce que nous faisions. Pendant quelques heures de bonheur, je me suis laissée aller à la pure joie d'être dans ses bras. Mais ensuite les cauchemars sont revenus, et me voilà, seule à nouveau, après avoir fait la marche de la honte à quatre heures et demie du matin.

J'ai perdu la tête.

J'ai envie de me crier dessus, de me tirer les cheveux. Je jette le masque sur la console avec ma pochette et mes clés et me dirige vers la cuisine. Je suis tellement en colère contre moi-même que je sais que je ne pourrai pas dormir, alors je me fais une tasse de thé et je prends mon journal dans ma chambre.

Un autre cauchemar. Nathan frappe maman, me frappe, lui attrape l'entrejambe et lui fait des menaces.

Je m'arrête, incertaine de devoir documenter le fait que c'était aussi la nuit où j'ai perdu ma virginité avec ma meilleure amie. Qu'en penserait mon thérapeute ? Qu'en penses-je ?

Je pense que j'ai détruit notre relation, et je n'ai personne d'autre à blâmer que moi-même. Un seul contact et je me suis fondue dans Jacob comme de la glace fondant au soleil de midi.

Pourquoi n'ai-je pas freiné avant d'aller trop loin ?

Parce qu'il n'y avait pas de freins, me murmure mon esprit.

Je prends une gorgée de thé, essayant de repousser une autre vérité flagrante qui ne cesse de se frayer un chemin dans mon esprit.

Je suis effondré sur le canapé, à moitié endormi, lorsque Fiona se traîne par la porte d'entrée quelques heures plus tard. Elle se tient la tête et gémit, mais je suis tellement plongé dans mes pensées que ce n'est que lorsqu'elle se laisse tomber à l'autre bout du canapé que je réalise qu'elle est dans la même pièce.

« Où es-tu allée ? » demande-t-elle.

Je tourne la tête pour la regarder, haussant un sourcil. Je n'ai pas besoin d'ajouter quoi que ce soit.

Son visage tout entier s'illumine lorsqu'elle me prend dans ses bras. « Il était temps ! »

Jacob

L'hôpital est maniaque quand j'arrive. Je n'ai que du respect pour les gens qui travaillent ici, à quelque titre que ce soit. Cela doit être comme essayer de maintenir quatre cents boules enflammées en l'air à la fois. Alors que je me dirige vers l'unité de cardiologie, le personnel et les visiteurs se pressent partout. Papa m'a envoyé par SMS les numéros de salle et de chambre, et j'ai pensé à emporter quelques affaires supplémentaires pour lui.

Je lui prends un café en montant parce que je sais pertinemment qu'il n'aura pas quitté maman de la nuit même si elle dort probablement encore.

«Bonjour, fils», dit papa alors que je frappe et entre dans la pièce.

"Comment est-elle ?" Je demande.

« Elle va bien. Ils ont posé un stent et tout se passe bien. Sa voix est tendue et j'ai envie de le tendre et de le serrer dans mes bras. La seule autre fois où je l'ai vu aussi épuisé, c'était quand Kait est mort.

"Fils..." Le visage de papa est solennel et je sais que quelque chose de grave arrive. « Je suis désolé que nous ayons été tellement absorbés par le chagrin à cause de Kait que nous t'avons négligé. Vous faisait sentir comme si vous n'étiez ni important ni spécial. Ce n'est pas le cas, pas du tout. J'ai eu du mal à gérer mon chagrin, et celui de ta mère était si accablant qu'il semblait l'engloutir tout entière. Il fait une pause et me regarde. « Nous t'aimons tous les deux tellement, Jacob. »

Je suis choqué par cette démonstration d'honnêteté et d'affection de la part de mon père et je dois déglutir malgré la boule dans ma gorge.

«Je sais, papa. Kait me manque chaque jour. Mais c'était difficile de grandir après son décès.

« Je sais, et je ne peux pas changer le passé. Mais à l'avenir, je promets que je ferai plus d'efforts. En disant cela, il serre la main de maman et ses yeux s'ouvrent.

"Kait va bien", croasse-t-elle, la voix rauque.

Je verse rapidement de l'eau dans le gobelet en plastique de la cruche posée sur sa table et y dépose une paille. Le tenant contre ses lèvres gercées, j'attends qu'elle en prenne une gorgée. Des grimaces de douleur tapissent son visage alors qu'elle déglutit.

Papa appuie sur la sonnette d'appel. "Elle est réveillée!" » il sourit à l'infirmière qui entre dans la chambre.

Elle lui rend son sourire et lui fait un clin d'œil comme pour dire qu'elle s'attendait à ce que maman se réveille d'une minute à l'autre.

"Bonjour, Mme Benson", dit-elle en remettant l'appareil de diagnostic à maman et en attachant quelques fils supplémentaires pour prendre ses statistiques.

"Bonjour, mon amour", répond maman avant de se retourner vers mon père. "J'ai vu Kait."

Papa tapote la main de maman et lance un regard inquiet à l'infirmière.

« Tout semble bien ici », nous rassure-t-elle avec un vif signe de tête. "Le Docteur fera sa tournée peu après dix heures."

«Jacob», dit maman en tournant vers moi un regard fatigué. "Kait a dit que tu devais arrêter de déconner et lui dire ce que tu ressens."

Mon cœur fait un bond dans ma gorge et je fronce les sourcils. "OMS?" Je demande en faisant l'idiot.

Maman prend une autre gorgée d'eau et penche sa tête contre l'oreiller en fermant les yeux. «Maddie», dit-elle enfin.

Papa éclate de rire. "À propos de sanglant." Il dépose un baiser sur la main de maman avant de lui écarter les cheveux de son visage et de l'embrasser sur le front.

« Elle va bien, Ben. Kait va bien, » hoqueta-t-elle, les yeux remplis de larmes. « En fait, elle m'en veut parce que je suis si triste », dit-elle avec un rire aqueux.

Maintenant que je sais que maman ira bien, l'épuisement m'envahit. Mes émotions sont à vif et je sors de la pièce, ayant besoin de quelques minutes pour retrouver mon calme.

Je n'aurais pas dû laisser Maddie partir ce matin sans lui dire ce que je ressens. Même si elle ne m'aime pas comme je l'aime, je dois lui dire. Dis ma vérité. Parce que je ne l'abandonnerai pas sans me battre.

Chapitre 9

Maddie

Les yeux fixés sur l'écran vide de mon ordinateur portable, je griffonne sur mon bloc-notes avec frustration. Je devrais avoir presque fini ma thèse, mais c'est comme si mon cerveau s'était transformé en coton. J'ai envie d'envoyer un message à Jacob pour lui demander des nouvelles de sa mère, mais comment faire sans parler de tout le reste ?

Les souvenirs de notre nuit ensemble défilent dans ma tête. Comment il m'a touchée, m'a tenue dans ses bras. Le plaisir qu'il m'a donné, un plaisir que je n'aurais jamais pensé ressentir la première fois. La douleur entre mes jambes est un précieux rappel du cadeau que je lui ai offert, quelque chose que je ne regretterai jamais. Comment le pourrais-je alors qu'il l'a rendu si beau ?

Puis j'ai fait un cauchemar. Jacob était toujours ma référence pour me réconforter quand je me réveillais tremblante et terrifiée. C'était lui que j'appelais au milieu de la nuit quand les démons me traquaient. Sa voix ne manquait jamais de m'apaiser jusqu'à ce que je puisse me rendormir.

Puis, il y a un an, j'ai décidé qu'il était temps que j'arrête d'utiliser Jacob comme une béquille pour me sortir du traumatisme que ma mère et moi avons subi aux mains de mon beau-père. C'était un maniaque violent qui a fait de nos vies un enfer et a laissé des cicatrices internes qui sont toujours difficiles à gérer, même s'il est derrière les barreaux.

Alors, au lieu d'accabler Jacob avec mes conneries, j'ai commencé à voir un thérapeute. Le réveiller à toute heure alors qu'il étudiait dur à l'université à l'autre bout du pays était injuste envers lui. Ce n'était pas comme s'il pouvait tout laisser tomber et courir à mon secours, plus maintenant.

C'est pourquoi nous nous sommes lentement éloignés.

Non, tu l'as repoussé, argumente ma conscience.

Mon cœur bat à tout rompre à cette pensée. Est-ce ce que j'ai fait ? Le repousser parce que... oh, merde ! Parce que je l'aime.

J'aime Jacob. Follement. Passionnément.

Je teste les mots dans mon esprit, les laissant rebondir avant qu'ils ne s'infiltrent dans les parties les plus profondes de ma psyché. Je suis amoureuse de mon meilleur ami.

J'ai eu tellement peur de le perdre, de perdre ce que nous avons, ce que nous sommes l'un pour l'autre, que je l'ai repoussé. Cela me semblait être l'option la plus sûre parce que l'alternative était trop effrayante. Je me suis donné deux choix : laisser mon amitié avec Jacob dériver ou le perdre pour toujours à cause d'une histoire d'amour ratée. Mais que se passerait-il s'il y avait un troisième choix, celui qui inclurait un heureux dénouement entre Jacob et moi. Je n'ai jamais voulu prendre ce risque... jusqu'à maintenant.

Mais Jacob ressent-il la même chose ? La nuit dernière signifiait-elle quelque chose pour lui, ou étais-je juste une distraction pratique de la situation avec sa mère ?

Je suis tellement perdue dans mes pensées que je remarque à peine quand Fiona entre dans la pièce, vêtue uniquement de paillettes et de plumes. « Chérie ! Qu'est-ce que tu fais encore assise là à te morfondre ? C'est le dernier jour du carnaval. Tu ne peux pas le rater ! »

J'ai envie de faner sous son cri, mais ce n'est pas juste de déverser ma frustration sur elle. « Pourquoi es-tu habillée comme ça ? »

Elle n'a jamais été timide, mais c'est la première fois que je la vois dévoiler autant de peau en public.

« J'ai été invitée à me joindre aux danseurs », sourit-elle en plaçant sa coiffe sur ses boucles.

« Je dois finir ça, Fee », je soupire en inclinant la tête vers mon ordinateur portable.

« Chérie, tu as l'air misérable. Viens juste t'amuser quelques heures avant que le carnaval ne disparaisse pour une autre année. Tu as tout le temps avant ta date limite pour t'en soucier. » Elle pointe un doigt sur l'écran avant de se lancer dans un shimmy impromptu, faisant tourbillonner et scintiller des centaines de perles sur sa cage thoracique et ses hanches.

Je secoue la tête, luttant contre un sourire en fermant mon ordinateur portable. Je prends mon téléphone et vérifie une dernière fois si Jacob m'a envoyé un message. Rien.

« Je t'accompagnerai jusqu'au début du carnaval, puis je verrai si je peux rencontrer Jacob. »

Fiona remue ses sourcils parfaitement épilés et je lève les yeux au ciel. Je ne peux pas ignorer Jacob pour toujours. Quoi qu'il se soit passé entre nous la nuit dernière, il a besoin d'un ami en ce moment, même si c'est tout ce que je peux être.

Vingt minutes plus tard, je dis au revoir à Fiona et me dirige vers la maison des parents de Jacob. S'il n'est pas là, je peux l'attendre. Ou aller à l'hôpital. Ou peut-être que je devrais simplement rentrer chez moi et essayer d'écrire ma thèse.

Je suis tellement concentrée sur mes pensées, les yeux baissés, que je fonce droit sur quelqu'un et trébuche en arrière. Je commence à m'excuser de ne pas avoir regardé où j'allais quand des mains fortes se tendent pour me stabiliser.

« Merci », dis-je en levant les yeux et en croisant les yeux de Jacob. Les mots de la mère

de Jacob

résonnent dans mon esprit depuis le moment où elle les prononce jusqu'au moment où je décide de faire quelque chose à ce sujet. Puis le doute s'installe.

Oui, j'aime Maddie. Comme plus qu'une simple amie. Mais peut-être qu'elle ne m'aime pas comme ça. Peut-être qu'elle veut tout oublier de la nuit dernière et passer à autre chose comme si rien ne s'était passé.

Acceptant que cela va me rendre folle à force de penser à ce qui pourrait arriver, je me dirige vers la maison qu'elle partage avec Fiona, m'arrêtant chez un fleuriste en chemin et choisissant un bouquet de marguerites roses.

Alors que je tourne au coin de la maison de Maddie, une femme se précipite sur moi et mes mains se tendent instinctivement pour la sauver d'une vilaine chute.

Des yeux bleus, la couleur du ciel par une claire journée d'été, se fixent sur les miens et je tombe dans leurs profondeurs. Tout comme je suis tombé amoureux de la femme à laquelle ils appartiennent depuis des années. La brise attire ses longs cheveux blonds et le parfum unique de Maddie m'envahit, un mélange de noix de coco et de citron vert qui lui est unique.

"Jacob", souffle-t-elle, les joues rouges tandis que je la maintiens sur ses pieds. "Je-je... j'étais juste en route pour te voir."

« Pareil ici », je réponds en lui tendant le bouquet de marguerites resté miraculeusement intact.

« Ils sont magnifiques », sourit-elle. "Comment va ta mère ?"

« Elle va beaucoup mieux. Ils ont mis un stent qui semble avoir fait l'affaire. Je fais une pause, ne sachant pas comment expliquer la suite sans rendre maman folle. "Elle a dit qu'elle parlait à Kait alors qu'elle était inconsciente."

Maddie ne ridiculise pas ma mère, elle hoche simplement la tête, attendant que je développe.

"Apparemment, Kait pense que nous devrions être ensemble." Elle lève un sourcil et je ris. "Honnêtement, je n'invente rien."

Le défilé fait le tour sur la route où nous nous trouvons, le rythme du calypso remplissant l'air.

"Maddie, pourquoi as-tu arrêté de m'appeler?" Je demande, me surprenant par la question.

« Parce que tu avais ta propre vie à vivre. Je ne pensais pas que c'était juste de s'attendre à ce que tu t'occupes de mes problèmes. Je voulais que tu puisses t'amuser sans te soucier de moi. Je n'ai jamais voulu être ton fardeau, Jacob.

Fardeau ? Elle pensait que prendre soin d'elle, la réconforter, lui parler jusqu'au petit matin faisait d'elle un fardeau ? « Tu n'as jamais été un fardeau pour moi, Maddie. Je pensais que tu avais arrêté de m'envoyer des messages parce que les cauchemars avaient cessé.

Elle secoue la tête et mon ventre se serre en réalisant qu'elle gère cela toute seule.

« Je suis désolé, Maddie. Si j'avais su, j'aurais fait les choses différemment... " Je m'arrête.

De qui je me moque, putain ? Je ne ferais rien différemment parce que la nuit dernière signifiait tout. Il n'y a jamais eu un moment où je Je ne voulais pas de Maddie. Savoir que je ne pourrais pas l'avoir, qu'elle ne serait jamais à moi, m'a rongé le ventre pendant des années. La voir au Carnaval hier, prise dans la foule, l'air si perdue et vulnérable. Rien sur la terre verte de Dieu ne m'aurait empêché d'elle. Je suis fatigué de cacher mes sentiments, de prétendre

que l'amitié me suffit. Il est temps de dire exactement à Maddie ce que je ressens

.

dis quelque chose, mais je l'ai devancé.

"Je fais encore des cauchemars la plupart des nuits", je laisse échapper. "Tu es toujours la première personne à qui je veux en parler, mais je tiens plutôt un journal."

Il lève un sourcil. « Comment ça se passe pour toi ? »

« Pas terrible, » j'avoue.

« Des nouvelles de ton beau-père ? »

Je secoue la tête. « Non. Et j'espère que ça va continuer comme ça. »

Jacob joint ses doigts aux miens, et nous retournons chez lui pendant que le cortège défile à nos côtés.

« J'ai quelque chose à te dire, Maddie. »

« Pareil pour moi. Tu vas en premier, » dis-je, soudain prise de nervosité.

« Je t'aime. »

J'ai l'impression que mon cœur va éclater de ma poitrine. La chaleur se répand dans mon sang, et je crois que je vais me mettre à pleurer. « Je t'aime aussi. »

Jacob se tourne vers moi, prenant mon visage dans ses grandes mains. « Merci putain ! Parce que je veux faire tout ça avec toi, emménager ensemble, se marier, les enfants. »

Les larmes débordent et glissent sur mes joues. « Et le sexe ? Tu ne veux pas faire ça aussi ? » Je ris et pleure.

« Oh, je veux refaire l'amour, mais seulement avec toi. Tu as été ma première, et tu seras ma dernière, Maddie. »

Je me recule pour le regarder, choquée. « J'étais ta première ? Mais... mais tu étais tellement douée pour ça ! »

Les joues de Jacob deviennent rouges malgré son sourire arrogant. « Merci. J'ai eu beaucoup de temps pour imaginer toutes les choses cochonnes que je ferais si jamais je mettais la main sur ce petit corps sexy », dit-il, m'attirant contre lui pour que je puisse sentir la preuve de son excitation.

La chaleur serpente dans le bas de mon ventre, et je presse mes hanches contre les siennes, le faisant gémir. « Sale, hein ? Tu crois que tu as coché toutes les cases de ce département la nuit dernière ? »

« Même pas proche, bébé. Même pas proche », grogne-t-il juste avant que sa bouche ne se pose sur la mienne.

Épilogue

Deux ans plus tard

Jacob

Je suis impressionné par ma merveilleuse épouse et le magnifique bébé qu'elle vient de mettre au monde. Exactement deux ans après notre mariage – et peut-être le plus beau cadeau d'anniversaire de tous les temps – mon bébé me regarde, de grands yeux bleus comme ceux de Maddie mais plus rebondis, comme moi quand j'étais bébé.

On frappe à la porte et je regarde maman et papa entrer dans la pièce avec des ballons et des fleurs et les plus grands sourires que j'ai jamais vu sur leurs visages.

"Maman. Papa... »Je fais une pause en soulevant le précieux paquet du berceau.

Maddie est toujours au lit mais parvient à se redresser avec seulement une petite grimace trahissant son malaise suite à un accouchement difficile.

Je remets le bébé à ma maman. «Rencontrez Kaitlyn Maddison Rose.»

Le sourire de maman s'élargit, ses yeux se remplissent de larmes de joie alors que papa retire la couverture du visage de Kaitlyn pour mieux voir.

"Oh, elle est tout simplement parfaite, Jacob", chantonne maman.

Papa tend la main et tapote la jambe de Maddie. « Bravo, ma chérie. Je suis si heureuse pour vous deux.

Maddie lui fait un sourire fatigué. Depuis que nous sommes mariés, elle a bel et bien été intégrée dans le giron familial, ce qui l'a d'abord prise de court, mais elle semble désormais installée et contente.

Et je suis l'homme le plus heureux de la planète. Comment puis-je ne pas l'être quand j'ai mon propre soleil et ma propre lune pour me maintenir aligné sur toutes les bonnes choses de la vie ?

"Oh, Maddie, elle te ressemble tellement. Elle est belle et parfaite. Tu as fait un travail incroyable, chérie », jaillit maman, le visage illuminé d'adoration alors qu'elle regarde bébé Kait.

« Euh, bonjour ? J'ai aussi joué un rôle dans tout ça, dis-je d'un ton feint et blessé.

Maman me fait signe de partir en roulant des yeux. « Nous aussi, nous sommes fiers de toi, mon fils. Vraiment, nous le sommes. Mais quand vous aurez élevé un petit humain et que vous l'aurez mis au monde, je vous accorderai toute mon attention.

Je secoue la tête et je ris. Maman a retrouvé sa joie de vivre après la crise cardiaque. Maddie a dit qu'elle avait de la chance, car les gens tombent souvent dans la dépression à la suite de ce genre de traumatisme, mais il semble que cela ait sorti maman du sien.

Elle était si heureuse quand nous avons annoncé que nous étions ensemble et quand nous nous sommes fiancés. Puis marié, puis enceinte.

Les cauchemars de Maddie se sont atténués et ils ne sont plus aussi fréquents. La thérapie continue de m'aider, mais savoir que je l'aime plus que tout au monde a été le plus grand guérisseur.

Après un long câlin, maman rend finalement Kaitlyn à Maddie pour qu'elle le nourrisse, promettant de revenir demain avec tout ce dont nous avons besoin.

Je m'installe sur la chaise à côté du lit d'hôpital de Maddie et la regarde nourrir notre fille. Il y a une abondance d'amour dans cette pièce, du genre qui se renforce chaque jour qui passe.

Je suis tombé amoureux de ma meilleure amie, de mon âme sœur, et bon sang si je n'avais pas la chance qu'elle tombe amoureuse de moi aussi.

L'avenir s'annonce prometteur… et notre histoire ne fait que commencer.

Don't miss out!

Visit the website below and you can sign up to receive emails whenever Frantz Cartel publishes a new book. There's no charge and no obligation.

https://books2read.com/r/B-A-MFRLB-QCKPD

BOOKS 2 READ

Connecting independent readers to independent writers.

Did you love *Les plaisirs du carnaval*? Then you should read *Vierge interdite*[1] by Frantz Cartel!

Elle est amoureuse du meilleur ami de son père...

Kate Crawford a toujours eu une attirance brûlante pour le meilleur ami de son père, l'hôtelier sexy Graham Davenport. Elle va maintenant étudier en Europe, mais elle veut réaliser son souhait secret et perdre sa virginité au profit de Graham. Après tout, elle n'est plus une adolescente et elle est prête à s'amuser entre adultes.

Graham Davenport engage Kate comme stagiaire dans son hôtel de luxe pour rendre service à son père, mais la voir exhiber

---

1. https://books2read.com/u/3n9W59

2. https://books2read.com/u/3n9W59

son corps sexy le rend fou et il est sur le point de perdre le contrôle de lui-même. Il ne veut pas trahir l'homme qui l'a aidé à changer de vie, mais cette femme n'est plus une adolescente amoureuse. Et son désir déchaîne des passions et des fantasmes secrets qu'aucun d'eux ne peut nier...

Also by Frantz Cartel

Passions tacites
Substitut Royal 1
Substitut Royal 2
Protéger sa reine
Retour à la maison
Plus Proche
Vierge à vendre
Faire chanter la Vierge
Passioni inespresse
Son otage
Sale oncle
Réclamer sa fiancée pratique
Vierge interdite
Au fond de toi
Branchement de vacances
Premier Dernier
Avoir des ennuis
Un goût sucré
La fiancée forcée du magnat
Voler mon ex
À la poursuite du professeur
Amoureux
Tentez le patron

Deuxième chance de tomber
Oh! Catherine
Bouche à bouche
La première Noëlle de Storme
Frappant
Le cœur n'est jamais silencieux
Une nuit dans une tempête de neige
Les plaisirs du carnaval

Milton Keynes UK
Ingram Content Group UK Ltd.
UKHW050621160724
445389UK00012B/530